*Till Eulenspiegel und die vier Prüfungen
von Bobitz
Das Rätsel des Nebels*

FSC
www.fsc.org
MIX
Papier aus ver-
antwortungsvollen
Quellen
Paper from
responsible sources
FSC® C105338

Herold zu Moschdehner

Till Eulenspiegel und die vier Prüfungen von Bobitz

Das Rätsel des Nebels

Bibliografische Information der Deutschen Nationalbibliothek
Die Deutsche Nationalbibliothek verzeichnet diese Publikation in der Deutschen Nationalbibliografie; detaillierte bibliografische Daten sind im Internet über http://dnb.d-nb.de abrufbar.

ISBN: 978-3-7693-1082-5

Copyright (2024) Herold zu Moschdehner
Verlag: BoD · Books on Demand GmbH,
In de Tarpen 42, 22848 Norderstedt
Druck: Libri Plureos GmbH,
Friedensallee 273, 22763 Hamburg
Alle Rechte bei dem Autoren.

9,99 Euro

Vorwort

Diese Geschichte erzählt von Till Eulenspiegel, dem Schelm und Wanderer, der mit List und Witz Generationen zum Lachen gebracht hat. Doch hier, am Ende seines Lebensweges, begegnen wir einem anderen Till. Dies ist nicht der junge, ungestüme Narr, der die Menschen zum Narren hält und über die Grenzen des Alltäglichen hinaus lacht. Dies ist der Till Eulenspiegel, der selbst auf der Suche ist – nach einem Sinn jenseits des Scherzes, nach einem Vermächtnis, das tiefer reicht als jeder Streich.
In einem kleinen Dorf namens Bobitz begegnet Till einer Reihe von Prüfungen, die ihn tiefer in die Geheimnisse der Natur und seiner eigenen Seele führen. Der Boden unter seinen Füßen, der Nebel, der die Felder einhüllt, der Wind, der durch die Wälder zieht – all diese Elemente werden zu Symbolen für die inneren Fragen, die ihn nicht mehr loslassen. Die Prüfungen des alten Bauern sind keine bloßen Aufgaben; sie verlangen von Till, dass er seine eigene Existenz neu hinterfragt und sich den Kräften stellt, die weit über menschlichen Verstand und Schalk hinausgehen. Dies ist eine Geschichte über Wandel und Loslassen, über die tiefsten Fragen, die das Leben an uns stellt, und über die leise Weisheit der Natur, die sich nicht in Worte fassen lässt. Tills Reise in Bobitz ist nicht nur die letzte Reise des berühmten Schelms, sondern auch eine Erinnerung daran, dass wir alle Reisende sind, Suchende, die manchmal innehalten müssen, um in die Stille zu lauschen.

Mögen die Leser in dieser Geschichte einen Till
Eulenspiegel finden, der jenseits des Lachens und
der Streiche zu uns spricht – als Wanderer, der am
Ende des Weges mehr sucht als er je zu fassen
geglaubt hätte.

Prolog: Tills Ankunft in Bobitz – Die letzte Reise eines Schelms

Es war eine Zeit, in der die Winde des Wandels über das Land zogen, als ob die unsichtbaren Hände des Schicksals selbst die Fäden des Daseins neu webten. Die Sonne neigte sich dem Horizont entgegen, tauchte die Felder und Wälder in ein goldenes Licht, das die Schatten länger und die Gedanken tiefer machte. In dieser Stunde zwischen Tag und Nacht, wenn die Welt einen Augenblick lang den Atem anhält, erschien eine Gestalt auf dem staubigen Pfad, der durch das Herz des Mecklenburgischen Landes führte.

Till Eulenspiegel, einst bekannt als der größte Schelm seiner Zeit, schritt mit langsamen, bedächtigen Schritten voran. Sein wandernder Blick streifte über die sanften Hügel, die sich wie schlafende Riesen in der Ferne erhoben, und über die Wälder, deren Wipfel im Abendlicht glühten. Die Linien seines Gesichts waren tiefer geworden, die einst funkelnden Augen trugen nun den Schleier vieler Jahre und unzähliger Geschichten. Seine Schultern waren gebeugt, nicht nur vom Gewicht des Rucksacks, den er trug, sondern auch von der Last der Erinnerungen, die ihn begleiteten.

Er war müde geworden, müde des ewigen Spiels zwischen List und Lachen, zwischen Schabernack und Schelmerei. Die Zeiten, in denen er mit einem Augenzwinkern die Welt an der Nase herumgeführt hatte, schienen weit entfernt, fast wie Träume eines anderen Mannes. Seine

Streiche, die einst Dörfer zum Lachen und Könige
zur Weißglut gebracht hatten, waren nun
Legenden, erzählt am Kaminfeuer von Leuten,
die seinen Namen kannten, aber nicht mehr sein
Gesicht erkannten.
Als er den kleinen Hügel hinaufstieg, der den Blick
auf das Dorf Bobitz freigab, hielt er inne. Vor ihm
lag ein Ort, der auf keiner Karte verzeichnet war,
ein Dorf wie viele andere, und doch schien es, als
habe das Schicksal ihn genau hierher geführt.
Der Rauch aus den Schornsteinen stieg
geradewegs in den Himmel auf, als wolle er eine
Brücke zwischen Erde und Himmel schlagen. Das
leise Murmeln des nahen Baches mischte sich mit
dem Rascheln der Blätter, und ein Gefühl von
Frieden, gemischt mit einer unerklärlichen
Melancholie, überkam ihn.
Till setzte seinen Weg fort, die Beine schwer, doch
getrieben von einem inneren Drang, den er selbst
nicht benennen konnte. Am Rande des Dorfes
sah er ein altes Wirtshaus, dessen Schild im Wind
knarrte. "Zum Eichenkranz" stand darauf
geschrieben, die Buchstaben vom Wetter
gegerbt und kaum noch lesbar. Er trat ein, um
Rast zu suchen, und wurde vom warmen Schein
des Feuers empfangen, das im Kamin loderte. Ein
paar müde Gestalten saßen an Tischen, ihre
Gesichter vom Leben gezeichnet, ihre Augen
stumpf vom Alltag.
"Ein Bier für einen Reisenden?" fragte er den Wirt,
der ihn mit einem kurzen Nicken begrüßte. Till
setzte sich in eine Ecke, beobachtete das
flackernde Licht der Kerze auf dem Tisch und ließ
die Gedanken schweifen. Die Gespräche um ihn

herum waren leise, beinahe flüsternd, und er
spürte, wie die Müdigkeit ihn einzuhüllen begann.
Da öffnete sich die Tür, und eine frische Brise
wehte herein. Eine junge Frau trat ein, das Haar
wie dunkler Fluss, die Augen klar wie der Morgen.
Sie trug einen Korb mit frischen Äpfeln, deren Duft
den Raum erfüllte. Till hob den Blick, und für einen
Moment schien es, als halte die Zeit an. Etwas in
ihm regte sich – nicht die alte Unruhe des
Schelms, sondern eine leise, kaum spürbare
Wärme.
Die Frau ging zum Tresen, sprach mit dem Wirt,
und ihr Lachen klang wie das Klingen ferner
Glocken. Es war ein Lachen, das keine Masken
trug, ein Ausdruck reiner Freude, wie Till ihn lange
nicht mehr gehört hatte. Er beobachtete sie,
ohne aufdringlich zu sein, und fragte sich, was es
war, das ihn so sehr an ihr fesselte.
Nachdem sie ihre Besorgungen erledigt hatte,
wandte sie sich zum Gehen, doch ihr Blick traf
den seinen. Für einen flüchtigen Moment sah sie
ihn an, und in ihren Augen lag weder Urteil noch
Neugier, sondern ein schlichtes Erkennen. Sie
lächelte sanft, neigte leicht den Kopf und verließ
die Stube.
Till blieb zurück, das Herz ein wenig leichter und
zugleich schwerer. Er konnte sich nicht erklären,
warum dieser kurze Augenblick ihn so berührt
hatte. Vielleicht war es die Einsamkeit der Jahre,
die nun in ihm widerhallte, oder die Erkenntnis,
dass er trotz aller Geschichten und Abenteuer
doch immer allein gewesen war.
Am nächsten Morgen beschloss er, im Dorf zu
bleiben. Er wanderte durch die Straßen, sah den

Menschen bei ihrer Arbeit zu und fühlte eine
Ruhe, die er lange nicht mehr empfunden hatte.
Die Felder erstreckten sich bis zum Horizont, und
die Bauern bestellten die Erde mit einer Hingabe,
die ihn beeindruckte.
Auf einem der Felder sah er sie wieder – die junge
Frau aus dem Wirtshaus. Sie sammelte Kräuter,
das Haar vom Wind zerzaust, das Gesicht von der
Sonne geküsst. Till näherte sich vorsichtig,
unsicher, was er sagen sollte. Als er nahe genug
war, hob sie den Kopf und lächelte.
"Guten Morgen, Fremder," sagte sie mit einer
Stimme, die wie ein Lied klang. "Ihr seid neu hier,
nicht wahr?"
"Das bin ich," antwortete Till und spürte, wie seine
Worte schwerer fielen als sonst. "Mein Name ist Till.
Ich reise durch das Land und habe hier eine Rast
eingelegt."
"Ich bin Margarete," stellte sie sich vor. "Aber alle
nennen mich Greta. Was führt Euch nach Bobitz,
Till?"
Er zögerte, denn er wusste selbst nicht genau,
was ihn hierher geführt hatte. "Vielleicht ist es die
Ruhe dieses Ortes," sagte er schließlich. "Oder das
Bedürfnis, einen Moment lang anzuhalten."
Sie nickte verständnisvoll. "Manchmal ist es gut,
den Weg zu unterbrechen und einfach zu sein.
Wollt Ihr mir helfen? Ich sammle Kräuter für
meinen Vater."
Till stimmte zu, und gemeinsam verbrachten sie
den Vormittag damit, die Felder und Wälder zu
durchstreifen. Sie zeigte ihm Pflanzen und erklärte
ihre Wirkung, erzählte von den Tieren des Waldes
und den Geheimnissen der Natur. Je mehr Zeit er

mit ihr verbrachte, desto mehr fühlte er, wie eine
alte Sehnsucht in ihm erwachte – die Sehnsucht
nach Zugehörigkeit, nach einem Ort, den er
Heimat nennen konnte.
Als die Sonne hoch am Himmel stand, luden die
Glocken des Dorfes zum Mittag ein. Greta lud ihn
ein, sie zu ihrem Haus zu begleiten, wo ihr Vater
bereits auf sie wartete. Der Mann, hart und
wettergegerbt, betrachtete Till mit misstrauischen
Augen.
"Wer ist dieser Mann?" fragte er knapp, während
er das Holz hackte.
"Das ist Till," antwortete Greta unbefangen. "Er ist
ein Reisender und hilft mir heute bei der
Sammlung der Kräuter."
Der Vater musterte ihn von Kopf bis Fuß. "Ein
Reisender, sagst du? Und was sucht ein Mann wie
du in unserem Dorf?"
Till spürte die Schwere des Blicks und antwortete
ehrlich: "Ich suche nichts Bestimmtes, Herr.
Vielleicht Ruhe, vielleicht einen Ort, an dem ich
für eine Weile bleiben kann."
Der Alte nickte langsam, aber seine Augen
blieben hart. "Wir haben hier wenig Platz für
Fremde, die nichts bringen. Was kannst du, außer
zu wandern?"
Till dachte nach. Was konnte er anbieten? Seine
Streiche und Scherze schienen hier fehl am Platz.
"Ich kann arbeiten," sagte er schließlich. "Ich kann
helfen, wo Hilfe gebraucht wird."
Der Vater grunzte zustimmend. "Nun gut. Wenn
du deine Hände nicht scheust, gibt es immer
etwas zu tun. Aber täusche dich nicht – wir
erwarten Ehrlichkeit und Fleiß."

Die Tage vergingen, und Till arbeitete hart auf den Feldern, half beim Bau von Zäunen und der Pflege der Tiere. Seine Hände, einst nur mit List und Spielereien vertraut, lernten die ehrliche Arbeit kennen. Und mit jeder Stunde, die er in der Gemeinschaft verbrachte, fühlte er, wie sich etwas in ihm veränderte.

Doch je näher er Greta kam, desto mehr wuchs auch die Distanz, die ihr Vater zwischen ihnen spürte. Eines Abends, als die Sterne wie ferne Augen über dem Dorf wachten, trat der Alte zu ihm.

"Ich sehe, wie du meine Tochter ansiehst," sagte er ohne Umschweife. "Und ich sehe, dass sie dich mag. Aber ein Mann ist mehr als seine Taten am Tag. Sein Herz muss rein sein, und seine Vergangenheit darf keine Schatten werfen."

Till senkte den Blick. "Ich bin ein einfacher Mann, der viel gesehen und getan hat. Nicht alles davon erfüllt mich mit Stolz. Aber ich bin hier, um einen neuen Weg zu gehen."

Der Vater betrachtete ihn lange. "Wenn du wirklich um ihre Hand anhalten willst, musst du beweisen, dass du würdig bist. Es gibt Dinge, die getan werden müssen, Aufgaben, die nicht jeder erfüllen kann."

"Ich werde alles tun, was nötig ist," sagte Till mit leiser Stimme, doch in seinen Augen lag Entschlossenheit.

Der Alte nickte. "Gut. Dann höre zu. Die erste Aufgabe wird zeigen, ob du bereit bist, dich selbst zu überwinden."

Und so begann eine Reihe von Prüfungen, die Till nicht nur körperlich, sondern auch seelisch

forderten. Prüfungen, die ihn an den Rand seiner
Kraft brachten und ihm zeigten, was es
bedeutete, wirklich zu leben.
Die Nacht legte sich über Bobitz, und in der Stille
hörte man nur das leise Flüstern des Windes, der
die Geschichten der Alten weitertrug. Till lag
wach und blickte in den sternenübersäten
Himmel. Er wusste, dass der Weg vor ihm nicht
einfach sein würde, aber zum ersten Mal seit
langer Zeit fühlte er, dass es ein Weg war, den es
zu gehen lohnte.
Die Schatten seiner Vergangenheit waren noch
immer da, doch vielleicht, so hoffte er, konnte er
durch diese Prüfungen einen Teil von sich selbst
zurückgewinnen, den er längst verloren glaubte.
Mit diesem Gedanken schloss er die Augen,
bereit, dem neuen Tag entgegenzutreten.

Kapitel 1: Die erste Prüfung – Die Erde eines Hauses in die Nase

Der Morgen brach an über Bobitz, und die Felder lagen still und grau im Dunst der frühen Stunde. Till stand am Rand des Dorfes, sein Blick auf die Hütte des Bauern gerichtet, dessen Erscheinen er in geduldiger Stille erwartete. Der Vater der jungen Magd, die sein Herz berührt hatte, war eine ernsthafte, wortkarge Gestalt, die nun auf ihn zutrat, das Gesicht von der Morgensonne beschienen, die jede Falte und jede Spur eines hart gelebten Lebens betonte.

„Nun denn," begann der Alte, ohne große Begrüßung, „die erste Aufgabe ist eine der Erdung. Wenn du in unserer Mitte leben und ein Herz wie das meiner Tochter gewinnen willst, dann muss sich zeigen, ob deine Füße fest genug auf dieser Erde stehen – oder ob du nur ein Mann des Windes bist."

Till schwieg und hielt dem durchdringenden Blick des Bauern stand. Er wusste, dass dies eine Prüfung war, die über das Offensichtliche hinausging; es war nicht nur eine Aufgabe des Körpers, sondern auch eine, die den Geist forderte. Der Bauer nickte ihm zu, als Zeichen, dass er verstanden hatte.

„Du sollst so viel Erde in deine Nase füllen, wie es bedarf, um ein ganzes Haus zu bauen," fuhr der Vater mit unbewegter Stimme fort, die keinen Raum für Zweifel ließ. Die Worte hatten die Schärfe und Härte eines Befehls, wie es nur die Sprache eines Mannes vermochte, der sein

ganzes Leben dem Boden unter seinen Füßen
verschrieben hatte.
Till stand eine Weile regungslos da und nahm die
Schwere der Worte in sich auf. Früher hätte er
vielleicht gelacht oder mit einem seiner typischen
Streiche die Herausforderung in ein Spiel
verwandelt, doch jetzt blieb er ernst. Er spürte das
Gewicht dieser Aufgabe, als trüge er die Erde
bereits in seiner Seele. Langsam senkte er den
Kopf und ließ seine Finger in die lockere Erde
unter sich sinken, griff nach ihr, als wäre sie eine
vertraute Hand, die ihn zur Begrüßung drückte.
Der Bauer beobachtete ihn mit verschränkten
Armen, während Till mit stiller Entschlossenheit
begann, die Erde aufzunehmen. Mit
bedächtigen Bewegungen beugte er sich
nieder, formte aus dem Boden kleine Häufchen
und führte sie an seine Nase. Er schnupperte die
feuchte, lebendige Essenz des Bodens ein und
spürte, wie sie sich durch seinen Atem in ihm
ausbreitete. Es war, als ob der Boden selbst ihn
rief und ihm zugleich seine Schwere und seine
Wärme einflößte.
Doch schon bald wurde die Last spürbar. Die
Erde kratzte in seiner Nase, verstopfte seine
Atemwege und ließ seine Augen tränen. Der
Wunsch, zu husten, die Erde fortzustoßen, war
stark, doch Till unterdrückte ihn. Er spürte, dass
dies mehr war als eine bloße körperliche
Herausforderung – es war eine Prüfung seines
Willens und seiner Hingabe. Es verlangte von ihm,
die Leichtigkeit seines früheren Daseins
abzustreifen und die Schwere der Erde zu
umarmen.

In seiner inneren Stille sah er Bilder, die ihn in die
Weite seiner Erinnerung zurückführten. Er sah sich
selbst, wie er einst mit einem Grinsen im Gesicht
und einem listigen Funkeln in den Augen
Menschen zum Narren gehalten hatte, wie er das
Leben leicht genommen hatte, als wäre es ein
Spiel. Doch hier, mit der Erde in seiner Nase und
dem Duft des Bodens, der ihm das Atmen
erschwerte, schien all das weit entfernt.
„Die Erde verlangt Ehrfurcht, nicht
Leichtfertigkeit," murmelte Till in sich hinein, und
seine Worte klangen fast wie ein Gebet, das der
Morgennebel mit sich trug.
Der Bauer schien seine Gedanken zu hören und
trat näher, seine Augen kühl und abschätzend.
„Diese Erde, die du in dich aufnimmst, ist der
Grund, auf dem wir alle stehen," sagte er. „Sie
hat das Leben vieler Generationen getragen,
und wer ihr nicht die Ehre erweist, wird von ihr
zermalmt."
Till nahm die Worte tief in sich auf, ließ sie in die
Stille seines Herzens sinken. Sein Atem wurde
schwerer, doch er widerstand dem Impuls,
aufzugeben. Stück für Stück grub er sich weiter in
die Erde, bis seine Hände schwarz und seine
Nägel brüchig waren. In der Tiefe seines
Schmerzes, in der Mühe jeder Atembewegung,
spürte er die Verbindung zur Erde wachsen, als
ob sie ihn auf eine Weise aufnahm, die jenseits
des Verstandes lag.
Seine Gedanken wanderten zu Greta, der Magd,
die ihm das erste Lächeln geschenkt hatte, das
er seit langer Zeit als wahr empfunden hatte. Für
sie würde er weiter graben, tiefer in die Erde, um

der Aufgabe gerecht zu werden, die der Vater
ihm gestellt hatte. Er würde das Gewicht der Erde
in sich tragen, als Zeichen seiner Hingabe und als
Prüfung seiner Kraft.
Mit einer letzten Bewegung drückte er seine
Hände tief in die Erde, hob sie an und führte sie
an seine Nase. Der Geruch war stärker denn je,
durchzog seine Sinne, füllte seinen Geist und
drang bis in seine Seele. Als er den Blick hob,
trafen sich seine Augen mit denen des Bauern,
der ihm mit einem kaum wahrnehmbaren Nicken
zu verstehen gab, dass er die erste Aufgabe
bestanden hatte.
In diesem Moment war Till nicht mehr der Schelm
von einst. Er war ein Mann, der sich den
Prüfungen des Lebens stellte, nicht aus Spieltrieb
oder List, sondern aus Respekt.

Kapitel 2: Die zweite Prüfung – Der Fisch im Baum und das hölzerne Meer

Der Morgennebel hing noch über den Feldern, als Till sich wieder vor dem Bauern einfand, die Erde des gestrigen Tages noch immer in seinen Haaren und auf seinen Kleidern. Der alte Mann wartete bereits auf ihn, eine undurchdringliche Gestalt, wie in Stein gemeißelt, inmitten der Dämmerung des jungen Tages. Der Bauer schien ihm größer zu sein als am Tag zuvor, als wäre er aus der Nacht hervorgegangen und hätte die Dunkelheit selbst mitgebracht.

„Gut," begann der Bauer knapp, ohne einen weiteren Blick auf Till zu werfen, „du hast die Erde des Bodens geschmeckt und dich ihr unterworfen. Doch es gibt noch viel, was du lernen musst. Die Erde ist nicht das Einzige, was Leben und Tod in sich trägt." Er drehte sich um und wies auf eine mächtige Eiche, deren Zweige weit in den Himmel ragten und deren Stamm die Stärke der Jahrhunderte in sich trug. „In diesem Baum," erklärte er, „lebt ein Fisch. Finde ihn, fange ihn, und bringe ihn zu mir. Doch sei gewarnt: Dieser Fisch lebt nicht wie andere im Wasser, sondern bewegt sich zwischen den Ästen und Zweigen, und nur wer sein Herz in Einklang mit dem Wald bringt, kann ihn erkennen."

Till schluckte. Ein Fisch im Baum – das klang wie die Hirngespinste eines Narren. Doch der Blick des Bauern war ernst und ließ keinen Widerspruch zu. Er wusste, dass er diese Aufgabe nur bestehen konnte, wenn er mit offenem Geist und stiller Entschlossenheit vorging. So schritt er entschlossen auf die Eiche zu und legte seine

Hand gegen den rauen Stamm, als würde er versuchen, die Seele des Baumes zu ergründen. Er begann, langsam und bedächtig, an der Eiche emporzuklettern. Die Rinde war rau unter seinen Händen, und die Äste knarrten wie die alten Knochen eines Greises. Mit jedem Schritt nach oben ließ er ein wenig mehr von seinem alten Selbst zurück, ließ die Sorgen und Gedanken hinter sich und verschmolz mit der stillen Kraft des Baumes. Sein Atem passte sich dem leisen Rhythmus der Natur an, als würde der Baum selbst ihm sagen, wann er die Lungen füllen und wann er ausatmen sollte.

Die Vögel sangen in den Ästen, doch Till hörte nur das Rauschen des Windes, das sich wie eine leise Melodie in den Blättern verfing. Plötzlich, als wäre ein Schleier vor seinen Augen gefallen, sah er den Fisch. Er schimmerte zwischen den Ästen wie ein silberner Streifen, kaum wahrnehmbar, doch so real wie der Boden unter ihm. Till beobachtete ihn eine Weile, um den Rhythmus seiner Bewegungen zu verstehen, wie er sich von Ast zu Ast gleiten ließ, als gehöre er zum Geflecht des Baumes.

In diesem Moment verstand Till, dass es nicht darum ging, den Fisch einfach zu fangen. Der Fisch war Teil dieses Baumes, und nur, wer mit Respekt und in Stille vorging, konnte sich ihm nähern. Vorsichtig, fast ehrfürchtig, griff Till nach dem silbernen Wesen, das sich ihm entgegenbewegte. Seine Finger schlossen sich behutsam um den schimmernden Fisch, der in seiner Hand kalt und doch lebendig war, und als

Till ihn ansah, schien das Wesen ihm in die Augen zu blicken, als würde es seine Gedanken lesen. Mit dem Fisch in der Hand stieg er wieder herab, spürte das Gewicht des Wesens, das wie eine flüchtige Illusion schien, und doch so schwer war wie die Verantwortung, die er trug. Als er am Boden ankam, sah er den Bauern, der ihn schweigend beobachtete, die Arme fest vor der Brust verschränkt. Ohne ein Wort reichte Till ihm den Fisch.

Der Bauer nahm ihn und nickte. „Du hast den Baum respektiert, so wie du die Erde respektiert hast," sagte er leise. „Doch auch dies ist nur ein Anfang. Um dich wirklich in diese Welt einzugliedern, musst du das Meer verstehen – ein Meer, das keine Wellen schlägt, das keinen Horizont hat. Folge mir."

Verwirrt, aber ergeben, folgte Till dem Alten durch die Felder, bis sie zu einer weiten, kargen Ebene kamen, die sich wie ein stilles Meer aus Holz vor ihnen erstreckte. Auf dieser Ebene lagen die Baumstümpfe alter Eichen, zu einem Holzmeer zusammengefügt, das so weit reichte, wie das Auge es erfassen konnte.

„Dieses Meer," sprach der Bauer, seine Stimme kaum mehr als ein Flüstern im Wind, „ist das Erbe unserer Ahnen. Es ist die Überbleibsel jener Wälder, die einst hier standen, und ein Mahnmal für alle, die hier wandeln. Gehe über das Holzmeer, Till, und finde die verlorenen Erinnerungen, die hier schlummern. Nur dann wirst du das Herz dieses Ortes verstehen."

Ohne zu zögern trat Till auf das Meer aus Holz. Jeder Schritt hallte durch die Stille, als würden die

Baumstümpfe ihm antworten, als würden die
Geister der gefallenen Bäume ihm ihre
Geschichten zuflüstern. Mit jedem Schritt spürte er
eine seltsame Schwere, die ihn in die Tiefe zog,
als wollten ihn die Wurzeln des einstigen Waldes
vereinnahmen und für immer hier festhalten.
Er ließ seinen Blick schweifen, versuchte, die
Muster im Holz zu erkennen – kreisförmige Linien,
die das Leben der Bäume erzählten, Jahresringe,
die das Zeitalter dieses Ortes markierten. Sein
Geist wanderte zurück in die Zeiten, als die
Eichen noch lebten und ihre Zweige den Himmel
durchdrangen. Die Welt um ihn begann zu
verschwimmen, und Till verlor sich in den
Erinnerungen der Bäume, die zu ihm flüsterten wie
Stimmen aus einer längst vergessenen Zeit.
Eines der Stümpfe zog ihn besonders an. Es war
kein gewöhnlicher Baumstumpf – sein Holz war
glatter, schimmernder, und seine Jahresringe
bildeten ein Muster, das fast wie das Auge eines
Menschen aussah. Als Till sich näherte, spürte er
eine seltsame Wärme, die von dem Holz ausging,
und er beugte sich hinunter, legte die Hand auf
den Baumstumpf und schloss die Augen.
In diesem Moment sah er Bilder – vage und
verschwommen, doch sie wirkten wie
Erinnerungen, die ihm selbst gehörten. Er sah den
Wald, als er noch lebte, sah Gestalten, die
zwischen den Bäumen umhergingen, ihre Hände
auf die Stämme legten und mit den Geistern der
Bäume sprachen. Er sah sich selbst, wie er durch
den Wald wanderte, als wäre er schon immer Teil
dieser Welt gewesen, und spürte eine
Verbindung, die tiefer reichte als Worte.

Als er die Augen öffnete, sah er den Bauern, der
ihn mit einem unergründlichen Blick musterte. „Du
hast mehr gesehen, als die meisten es jemals
tun," sagte der Alte, und in seiner Stimme
schwang eine leise Traurigkeit. „Die Welt besteht
nicht nur aus dem, was die Augen erfassen
können. Ein echter Mensch erkennt die
Geschichten, die in der Erde, den Bäumen und
dem Wasser verborgen liegen."
Till nickte, doch in ihm wuchs eine seltsame Leere.
Die Bilder, die er gesehen hatte, waren ihm näher
gewesen als alles, was er je erlebt hatte, und
doch wusste er, dass er sie nicht festhalten
konnte. Sie waren wie das Leben selbst – flüchtig
und unwiederbringlich, ein endloser Kreis von
Werden und Vergehen.
Der Bauer legte ihm die Hand auf die Schulter,
ein sanfter, fast väterlicher Griff, der Till in die
Gegenwart zurückholte. „Die zweite Prüfung ist
bestanden," sagte er leise. „Doch der Weg, der
vor dir liegt, ist noch lang und steinig. Geh nun
und ruhe dich aus. Morgen wartet die dritte
Prüfung, die dich weiter führen wird – weiter als
du je gegangen bist."
Till verbeugte sich leicht, doch sein Blick blieb
ernst und leer. Der Wald, das hölzerne Meer, der
Fisch – all diese Dinge schienen wie Fragmente
einer Wahrheit, die ihm fremd und doch vertraut
war. Er drehte sich um und ließ den Blick über das
Holzmeer gleiten, das in der Dämmerung fast wie
ein lebendiges Wesen aussah.
Ohne ein weiteres Wort kehrte er zum Dorf zurück,
doch die Stille des Waldes und das Flüstern der
gefallenen Bäume blieben in seinem Herzen

zurück, wie ein leises Echo, das nie ganz
verstummte.

Kapitel 3: Die dritte Prüfung – Der Nebel im Sack

Der Morgen brach an, und mit ihm kam der Nebel, ein dichter, weißer Schleier, der die Wiesen und Felder von Bobitz in eine Stille hüllte, die fast greifbar war. Der Boden, die Häuser, die wenigen Bäume, alles verschwand in diesem Nebel, der wie ein wogendes Meer durch das Dorf zog. Als Till Eulenspiegel an den Rand des Waldes trat, sah er die alte Gestalt des Bauern bereits in der Ferne, die Arme verschränkt, den Blick fest und ruhig auf ihn gerichtet.

„Gut, Till," sprach der Bauer, und seine Stimme schnitt durch die Stille wie ein Messer, „deine nächste Aufgabe wartet. Du hast die Erde in dich aufgenommen, du hast den Fisch im Baum gefangen und das hölzerne Meer betreten. Nun wirst du den Nebel bändigen. Dieser Nebel, der uns alle hier in den frühen Stunden des Tages umgibt, ist nicht bloß eine Laune der Natur – er ist das schwebende Herz dieses Landes, ein Bindeglied zwischen uns und dem Verborgenen. Fange ihn in einem Sack, und bring ihn mir zu Mittag."

Till hörte die Worte und spürte, wie ein Teil von ihm sich in die alte, listige Unbekümmertheit zurückziehen wollte, die ihm einmal so natürlich gewesen war. Einen Nebel im Sack fangen? Das war nichts als ein Hirngespinst, eine Aufgabe ohne Sinn oder Zweck. Doch irgendetwas hielt ihn davon ab, mit einer scharfen Bemerkung oder einem trickreichen Einfall zu antworten. Er wusste instinktiv, dass dies keine Aufgabe für einen Schelm war – es war eine Aufgabe für einen

Mann, der bereit war, die Welt in all ihrer Tiefe zu begreifen.

Also nickte er schweigend, und der Bauer reichte ihm einen groben Leinensack, der groß genug war, um ein Kalb darin zu tragen. „Verliere dich nicht im Nebel," warnte der Alte noch leise, bevor er sich umdrehte und in Richtung Dorf verschwand, seine Gestalt bald vom Nebel verschluckt.

Till betrachtete den Sack in seinen Händen und dann den Nebel, der sich um ihn herumlegte wie ein schwerer Mantel aus Stille. Die Luft war dicht und kühl, und jeder Atemzug fühlte sich an, als atmete er Wasser. Der Nebel schien lebendig, bewegte sich wie in sanften Wellen, und Till merkte bald, dass dies mehr war als ein bloßes Wetterphänomen. Es war, als ob der Nebel ihn prüfte, ihn einhüllte und seine Bewegungen beobachtete.

Er setzte einen Fuß vor den anderen und versuchte, eine Methode zu finden, den Nebel zu greifen, ihn in den Sack zu locken. Doch seine Hände glitten durch das Weiß, fanden keinen Halt. Bald bemerkte er, dass er den Boden unter seinen Füßen nicht mehr spürte, dass der Nebel ihn so sehr umgab, dass alle Bezugspunkte verschwunden waren. Die Welt um ihn herum wurde zu einem weißen, leeren Raum, und er wusste nicht mehr, wo er war.

In der tiefen, dichten Stille des Nebels begann er, Dinge zu sehen. Schemenhafte Gestalten, flüchtige Schatten, die sich wie Erinnerungen am Rand seines Blickfeldes bewegten. Es waren Gesichter, die ihm vertraut vorkamen – Freunde,

Verwandte, Menschen, die längst vergangen
waren. Doch sie waren nur Nebel, flüchtig und
unerreichbar. Till erkannte, dass dies eine andere
Art der Prüfung war. Es war nicht die Kraft seiner
Hände, die hier gefragt war, sondern die Kraft
seines Geistes, die Fähigkeit, in das Innere der
Welt zu blicken und dabei nicht die Fassung zu
verlieren.
Er trat einen Schritt nach dem anderen vor,
während der Nebel ihn in Gedanken
zurückführte, in Momente seines Lebens, die er
längst verloren geglaubt hatte. Er sah sich als
jungen Mann, als Schelm in den Straßen der
Städte, das Lachen und der Spott seiner
Mitmenschen wie Musik in seinen Ohren. Er sah
sich in den Armen der Geliebten, die ihm nun nur
noch als ein Bild im Nebel erschien. Die Jahre, die
Streiche, die Abenteuer – alles wurde zu einem
Teil des Nebels, alles wurde ein flüchtiger Traum.
Er erkannte in diesem Moment, dass der Nebel
selbst eine Sammlung all jener Dinge war, die die
Menschen zurückgelassen hatten. Erinnerungen,
Lachen, Tränen, Abschiede. Der Nebel war nicht
bloß eine physische Masse, sondern ein Geflecht
von Seelen, die durch diese Lande gestrichen
waren und ihre Spuren hinterlassen hatten. Hier, in
dieser Dichte, waren alle Leben miteinander
verbunden, verwoben wie die Fäden eines
unsichtbaren Netzes.
Mit ruhiger Entschlossenheit kniete Till nieder,
öffnete den Sack und hielt ihn in die Richtung des
Nebels, als würde er eine lebendige Kraft
anlocken wollen. Er atmete tief ein, ließ sich auf
die Schwere des Nebels ein, ließ zu, dass er in ihm

versank, bis er den Eindruck hatte, die Grenze
zwischen sich und dem Nebel verschwämme. Er
dachte an all jene, die ihn in seinem Leben
begleitet hatten, an all die Worte, die
gesprochen und vergessen worden waren. Er rief
sie, in der Stille seines Geistes, und spürte, wie der
Nebel sich leise in den Sack zu ziehen begann.
Es war keine Bewegung, die seine Augen sehen
konnten, sondern eine, die er fühlte – ein leises
Ziehen, ein Widerstand, der nachgab, als ob der
Nebel bereit wäre, ihm zu folgen. Er hielt den
Sack weit geöffnet, bewegte sich langsam,
tastend, als würde er ein wildes Tier einfangen,
und nach und nach erfüllte sich der Sack mit
einer seltsamen Kühle, einer feuchten Schwere,
die nicht wirklich greifbar war.
Als die Mittagsstunde nahte und die Sonne
begann, durch die Dichte des Nebels zu dringen,
schloss er vorsichtig den Sack und richtete sich
auf. Der Nebel um ihn herum war dünner
geworden, und die Landschaft um ihn herum trat
wieder hervor. Er spürte, dass der Sack, den er in
seinen Händen hielt, nicht einfach nur leer war. Es
war, als trüge er ein Stück der Zeit in sich, einen
Hauch von etwas Vergangenem und zugleich
ewigem.
Mit langsamen Schritten kehrte er zum Dorf
zurück, wo der Bauer ihn bereits erwartete. Till trat
vor ihn, legte den Sack behutsam auf den Boden
und trat einen Schritt zurück. Der Alte beugte sich
vor, öffnete den Sack und spähte hinein. Für
einen Moment schien es, als würde ein Hauch
von Nebel entweichen, doch dann war er wieder
verschwunden, als wäre er nie da gewesen.

Der Bauer nickte langsam, mit einem Ausdruck von Respekt in seinen Augen. „Du hast nicht nur den Nebel gefangen," sagte er leise, „du hast das Wesen der Dinge begriffen, das Vergehen und das Bleiben. Es gibt nicht viele, die diese Prüfung bestehen. Die dritte Aufgabe ist erfüllt, Till."

Doch Till lächelte nicht. Er spürte die Stille des Nebels in seinem Herzen, eine Kälte, die nicht aus der Welt kam, sondern aus dem Inneren der Seele. Er war nicht mehr derselbe Mann, der in den Morgen hineingetreten war. Der Nebel hatte ihm eine Wahrheit offenbart, eine schmerzliche, schwer greifbare Erkenntnis, die er noch nicht in Worte fassen konnte.

„Was ist die letzte Prüfung?" fragte er schließlich mit gedämpfter Stimme, und der Bauer musterte ihn mit einem Blick, der mehr zu wissen schien, als er preisgab.

„Die letzte Prüfung wartet morgen," sagte der Bauer. „Doch wisse dies, Till: Nicht jeder, der sie beginnt, kehrt zurück. Sie wird dich bis an den Rand deiner Seele führen, und nur, wer nichts mehr für sich selbst begehrt, wird die Antwort finden."

Till nickte, die Schwere des Nebels noch in seiner Brust, und wandte sich ab. Die Sonne stand hoch am Himmel, doch er fühlte die Kühle des Morgens in sich. Schritt für Schritt ging er zum Rand des Dorfes, suchte den stillen Frieden der Felder und dachte an die Schatten, die er im Nebel gesehen hatte.

So neigte sich der Tag, und die Ruhe des Abends umfing das Dorf. Till saß allein, den Blick auf die

dämmernde Welt gerichtet, und in seinem
Herzen regte sich die leise Furcht vor dem, was
der nächste Morgen bringen würde.

Kapitel 4: Die vierte Prüfung – Der Wind aus der Flasche und der unsichtbare Zaun

Die Nacht schwand, und das erste Licht des
Morgens warf einen bleichen Schimmer auf das
Dorf Bobitz. Till Eulenspiegel spürte die Kälte des
heranbrechenden Tages durch seine Knochen
ziehen, doch sein Herz war schwerer als die Kühle
der Luft. Die vergangenen Prüfungen hatten ihn
erschöpft, doch nicht durch die Anstrengung,
sondern durch das Wissen, das er dabei
gewonnen hatte. Jede Aufgabe hatte ihn tiefer
in sich selbst geführt, jede Begegnung mit Erde,
Fisch und Nebel hatte ihm einen Teil seiner
eigenen Seele gezeigt, den er lange Zeit
verdrängt hatte.
Er trat erneut vor den Bauern, der ihn stumm
erwartete. Die Augen des Alten waren ruhig und
ernst, doch darin lag eine Spur von etwas, das Till
nur als Mitgefühl erkennen konnte. Es war, als
verstünde der Bauer, was in ihm vorging, als sähe
er den Schmerz, der in Tills Augen lag – ein
Schmerz, der von mehr als nur den körperlichen
Prüfungen herrührte.
„Heute wirst du die letzte Prüfung bestehen,"
sagte der Bauer mit einer Stimme, die so leise war
wie der Wind, „doch dies wird keine Aufgabe
sein, die bloß deine Kraft fordert. Du sollst den
Wind in eine Flasche fangen und ihn dazu
bringen, einen unsichtbaren Zaun um das Dorf zu

errichten. Nur, wenn du den Wind bändigen
kannst, wirst du die letzte Prüfung bestehen."
Till nickte, ohne ein Wort zu verlieren, und nahm
die kleine, durchsichtige Flasche, die der Bauer
ihm reichte. Sie war schlicht und unscheinbar,
kaum größer als seine Handfläche, doch das
Glas schimmerte im ersten Morgenlicht, als hätte
es eine eigene Seele. Er blickte den Bauern noch
einmal an, als wollte er eine Bestätigung, eine
Erklärung, doch der Alte wandte sich ab und ließ
ihn allein mit der Flasche in der Hand.
Die Stille des Morgens umgab ihn wie ein Schleier.
Till blickte auf die Flasche in seiner Hand und
fühlte die Leere, die sie umgab. Sie war ein
Gefäß, das alles und nichts fassen konnte, ein
Symbol für das, was er zu erreichen suchte. Die
Leere im Inneren spiegelte die Leere in ihm selbst
wider – ein Raum, den er einst mit Streichen, mit
Lachen, mit dem Schalk gefüllt hatte, doch der
nun zu einer tiefen, schmerzhaften Stille
geworden war.
Er trat aus dem Dorf hinaus, ließ die Bäume und
Felder hinter sich und suchte die Weite, wo der
Wind freier wehen konnte. Er hielt die Flasche
gegen das Licht, versuchte, in ihrem Inneren
etwas zu sehen, das nicht bloß Leere war. Doch
das Glas blieb durchsichtig, klar und
unnachgiebig. Der Wind wehte sanft um ihn,
spielte mit seinen Haaren, doch als Till die Flasche
in die Luft hielt, glitt der Wind an ihr vorbei,
unberührt und ungehalten.
„Wie kann man den Wind fangen?" murmelte Till
leise und schloss die Augen. Er erinnerte sich an
die Prüfungen zuvor, an die Erde, die ihn an seine

Sterblichkeit erinnert hatte, an den Fisch im
Baum, der ihm die Unvereinbarkeit von
Gegensätzen gezeigt hatte, und an den Nebel,
der ihm die flüchtige Natur des Lebens vor Augen
geführt hatte. Der Wind – was bedeutete er? War
er das Unfassbare, das Unerreichbare, das, was
immer in Bewegung war und niemals gebändigt
werden konnte?
Till spürte, dass er diese Prüfung nicht mit Kraft
oder List bestehen konnte. Der Wind war frei, eine
Kraft, die sich nicht einsperren ließ. Er musste
anders an diese Aufgabe herangehen – nicht mit
dem Willen, den Wind zu fangen, sondern mit der
Bereitschaft, sich ihm hinzugeben, ihn zu
verstehen, ohne ihn zu besitzen.
Er stellte die Flasche auf den Boden, setzte sich
daneben und ließ den Wind durch sich hindurch
wehen. Er spürte, wie er um ihn herumströmte,
ihm das Gesicht kühlte und seine Gedanken
forttrug. Der Wind war mehr als nur eine Brise – er
war die Essenz des Lebens, das ständig in
Bewegung war, das kam und ging, ohne dass ein
Mensch es je vollständig begreifen konnte.
Stunden vergingen, während Till in dieser Stille
verharrte, den Wind durch sich hindurchfließen
ließ und seinen Atem an das sanfte Rauschen
anpasste. Er ließ alles los – die Fragen, die Zweifel,
den Schmerz seiner Vergangenheit, den Kummer,
der in ihm brodelte. Alles entglitt ihm, verschwand
wie Staub im Wind, und als die letzten Gedanken
und Empfindungen fortgetragen waren, blieb nur
noch eine unendliche Leere, die zugleich voller
Frieden war.

In diesem Moment spürte er, wie sich der Wind
veränderte. Er spürte, dass er nicht länger ein
Widerstand war, dass der Wind in ihn
hineinströmte, ohne dass er ihn aufhalten wollte.
Till griff langsam nach der Flasche, hob sie
vorsichtig an und öffnete den Verschluss. Der
Wind strömte in die Flasche, füllte sie, als wäre sie
ein Teil von ihm selbst. Er schloss den Verschluss,
und der Wind war darin – nicht gefangen,
sondern als Begleiter, als Freund.
Till richtete sich auf und blickte zurück zum Dorf.
Es lag still und friedlich im Mittagslicht, und er
wusste, dass die letzte Prüfung ihn mehr gekostet
hatte als jede andere. Er trat langsam zurück, die
Flasche mit dem Wind in der Hand, und legte sie
vor den Füßen des Bauern nieder. Der Alte sah
ihn an, und ein leises Lächeln huschte über sein
Gesicht, so flüchtig wie der Wind selbst.
„Du hast den Wind nicht gefangen," sagte der
Bauer mit einer Stimme, die wie ein ferner Klang
im Wind klang, „aber du hast dich ihm
hingegeben. Du hast verstanden, was es
bedeutet, loszulassen und doch zu gewinnen. Die
unsichtbaren Grenzen, die du gesucht hast,
liegen nun nicht um das Dorf, sondern in dir."
Till stand schweigend, sein Herz schwer und
zugleich leicht. Er hatte die Prüfungen
bestanden, doch was er gewonnen hatte, war
kein Besitz, kein Lohn, sondern eine Art von
Erkenntnis, die er noch nicht vollständig begriff.
Der Bauer trat auf ihn zu, legte ihm die Hand auf
die Schulter und sprach leise, fast wie in einem
Gebet: „Deine Reise endet hier, Till. Doch die
Wahrheit, die du gesucht hast, ist nicht die eines

Endes, sondern die des Anfangs. Gehe nun, wohin dich der Wind trägt, und lass die Last, die du getragen hast, im Boden von Bobitz ruhen."
Till nickte, verbeugte sich und wandte sich zum Gehen. Die Flasche mit dem Wind ließ er zurück, als Symbol für alles, was er in Bobitz gelernt hatte – über die Erde, den Nebel, den Wind und über sich selbst. Er ging ohne ein weiteres Wort, seine Schritte leicht, sein Geist befreit, und ließ das Dorf hinter sich, das ihn verändert hatte.
Der Wind wehte ihm entgegen, als wolle er ihm den Weg weisen, und als er den Hügel hinaufstieg, sah er noch einmal zurück. Bobitz lag ruhig und friedlich im Mittagslicht, und Till spürte, dass er ein Teil davon geworden war, auch wenn er es verlassen musste. Die Stille des Waldes, das Rauschen der Blätter und der Hauch des Windes begleiteten ihn auf seinem Weg, und so verschwand Till Eulenspiegel, der einst größte Schelm seiner Zeit, in der Weite der Welt, als Teil des Windes, der über das Land zog und die Geschichten der Menschen mit sich nahm.

Epilog: Das Vermächtnis des Windes

Die Jahre vergingen über das Dorf Bobitz, und das Leben nahm seinen gewohnten Lauf. Die Menschen kamen und gingen, Felder wurden bestellt, Kinder geboren, und das Dorf wuchs langsam, wie es alle Dörfer tun, die von der Zeit geprägt werden. Doch die Geschichte von Till Eulenspiegel, dem schelmischen Wanderer, der als Suchender und Fragender ins Dorf gekommen war und das Unbegreifliche gefunden hatte, blieb lebendig.

Die Dorfbewohner sprachen nur selten von ihm, doch in den stillen Abenden, wenn der Wind durch die Bäume raunte und der Nebel über die Felder zog, schienen seine Schritte noch immer hörbar zu sein. Es hieß, dass Till seine letzte Prüfung nicht nur für sich selbst bestanden hatte, sondern dass er dem Dorf etwas hinterlassen hatte – eine Art unsichtbaren Schutz, ein Vermächtnis, das nicht in Mauern oder Grenzen bestand, sondern in der Erde, im Wind und in der Stille der Natur selbst.

Die Kinder des Dorfes, die das alte Haus des Bauern besuchten, fanden dort den Sack, in dem Till einst den Nebel eingefangen hatte, und die Flasche, in die er den Wind gebannt hatte. Diese Gegenstände wurden von den Alten gehütet, als wären sie magische Artefakte, und den Kindern wurde erzählt, dass, wenn man aufmerksam lauschte, man den Hauch des Windes und das Flüstern des Nebels hören konnte, die Geschichten von vergangenen Tagen und Prüfungen erzählten.

Die Leute des Dorfes glaubten, dass der Geist von
Till Eulenspiegel noch immer über das Land zog,
unsichtbar wie der Wind, der die Felder streifte,
und dass er über sie wachte, auch wenn sie ihn
nicht mehr sehen konnten. Sie sagten, dass der
Wind, der manchmal über die Hügel wehte und
die Bäume bewegte, eine Erinnerung an Tills
Weggang war – ein Gruß, der ihnen das Gefühl
gab, nicht allein zu sein.
Eines Abends, viele Jahre später, als ein junger
Mann allein über die Felder wanderte, hielt er
inne und spürte eine seltsame Kühle, die aus der
Erde zu steigen schien. Er blickte hinauf zu den
Hügeln und sah, wie der Wind über die Felder
wehte, das Gras bewegte und die Ähren in einer
unheimlichen Harmonie wiegte. Ein leises Flüstern
schien in der Luft zu liegen, kaum hörbar, doch
tief und bedeutungsvoll.
Der junge Mann schloss die Augen und ließ den
Wind durch sich hindurchziehen, und für einen
Augenblick fühlte er eine tiefe, unerklärliche
Verbindung zu etwas, das über ihn hinausging. Er
spürte das Gewicht der Erde, das Flüstern des
Nebels und die Freiheit des Windes, als würde er
die Prüfungen von Till Eulenspiegel selbst
durchleben, als Teil einer Geschichte, die niemals
endet.
In diesem Moment verstand er, dass die
Prüfungen, die Till einst bestanden hatte, keine
einfachen Aufgaben gewesen waren, sondern
Schritte auf einem Weg zur Erkenntnis – eine Reise
zu sich selbst, zu den Geheimnissen der Natur und
zur Ewigkeit des Lebens. Der Wind trug ihm die
Erinnerung an Till zu, an den Schelm, der am Ende

seines Lebens nicht als Narr, sondern als Suchender und als Wissender gestorben war.
So blieb die Geschichte von Till Eulenspiegel in Bobitz lebendig, eine Legende, die über Generationen weitergegeben wurde, ein stilles Vermächtnis desjenigen, der durch die Prüfungen der Erde, des Fisches, des Nebels und des Windes gegangen war. Die Menschen fanden in dieser Geschichte Trost und Weisheit, eine Erinnerung daran, dass das Leben selbst die größte Prüfung ist und dass die Antworten auf die tiefsten Fragen in der Natur, in der Stille und in der Offenheit des Herzens zu finden sind.
Am Ende war Till Eulenspiegel nicht wirklich verschwunden. Er war Teil des Windes geworden, ein ewiger Wanderer, der über die Felder von Bobitz zog, über die Wälder und die Flüsse. Er lebte in den Herzen der Menschen, die seine Geschichte hörten und sich selbst in seinen Prüfungen wiederfanden, als Suchende und Fragende auf einem unendlichen Weg.
Und so endete die Geschichte von Till Eulenspiegel – nicht in einem Triumph oder in einem Schelmenstreich, sondern in einer stillen, unsichtbaren Präsenz, die alles durchdrang und das Land erfüllte. Der Wind, der über die Hügel wehte, war sein Atem, die Erde unter den Füßen der Dorfbewohner war sein Vermächtnis, und die Stille, die das Dorf umgab, war seine letzte, unausgesprochene Weisheit.
Ein Teil von Till Eulenspiegel lebte weiter, so lange, wie der Wind wehte, der Nebel aufstieg und die Erde atmete – eine Erinnerung daran, dass das

Leben selbst das größte Mysterium und die tiefste Weisheit in sich trägt.